ZAPATOS DE FUEGO
Y
SANDALIAS DE VIENTO

Ursula Wölfel nació en 1922 en Duisburgo. Estudió filología germánica en Heidelberg y, más tarde, pedagogía en el instituto pedagógico Juendheim und Studium der Pädagogik de Frankfurt. Es escritora desde 1961 y miembro del Pen club de escritores desde 1972. Recibió el premio alemán al mejor libro infantil en 1962. Figura en las listas de honor de los premios Andersen 1964 y 1972, y obtiene también el premio austríaco de Fomento de la Literatura para jóvenes en 1972.

Margarita Menéndez nació en Oviedo, donde realizó estudios de dibujo. Más tarde marchó a Madrid a completar sus estudios de pintura.
Ha participado en varias exposiciones de pintura colectivas e individuales.
Además de este libro, ha ilustrado libros de texto de los que ella es autora.

URSULA WÖLFEL

ZAPATOS DE FUEGO
Y
SANDALIAS DE VIENTO

MUNDO MÁGICO

EDITORIAL NOGUER, S.A.
Barcelona-Madrid

Título original: Feuerschuh und Windsandale
Traducción: Mercedes Conill
Dibujo cubierta: R. Riera Rojas
Ilustraciones: Heiner Rothfuchs

ISBN: 84-279-3306-1

Tim
los otros niños
y
una
fiesta familiar

EL MUCHACHO se llamaba Tim y casi tenía siete años.

Acostumbraba estar muy triste, pues era un niño muy gordo. ¡El más gordo de toda la clase! Y también era muy pequeño. ¡El más pequeño de toda la escuela!

Los demás niños solían darle el apodo de «cerdito», o bien le llamaban simplemente «gordo».

No tenían hacia él malas intenciones, pero Tim se enfadaba mucho cuando lo llamaban así.

Entonces les chillaba:

—¡Sois tan feos y alargados como espárragos! ¡Parecéis vampiros escuálidos! ¡Os asemejáis a hojas de lechuga!

Y los otros niños se limitaban a reírse y a burlarse de Tim. Y Tim se sentía muy triste por ser tan pequeño y tan gordinflón.

Habitaba en compañía de sus padres en una gran ciudad.

Su vivienda se encontraba en un sótano, por lo que era preciso descender unos cuantos escalones para llegar a la puerta de entrada. En el sótano las ventanas eran tan altas que partían desde el suelo de la calle, lo cual le permitía entrar en su casa sin tener que bajar hasta la puerta.

El padre de Tim era zapatero remendón, y no sólo sabía remendar el calzado, sino que también podía contar unas historias maravillosas...

No ganaba mucho dinero, pero lograba reunir lo indispensable para alimentar a Tim y a su madre.

A la madre no le importaba que fuesen pobres.

Y en cambio se sentía muy contenta de tener un marido que siempre se mostraba tan alegre. Se pasaba el día riendo y cantando y sus mejillas eran tan rojas como los geranios que tenían en sus ventanas.

Pero Tim hubiera preferido ser un niño rico.

Y pensaba muy a menudo:

«Ya soy bastante desgraciado por ser gordo y pequeño y encima tengo que soportar ser pobre...»

Y se propuso espabilarse para poder ganarse algún dinerillo.

Se acostumbró a ir al mercado antes de la hora en que debía estar en la escuela, y se ofreció a ayudar a las verduleras cuando éstas extendían las mercancías en sus tenderetes. Aprendió a apilar enormes montones de coles y de mandarinas y a formar unos bellos ramilletes con los rábanos, combinando el color blanco con el rojo de los mismos.

Llegó a hacer muy bien su trabajo, por lo que fue recompensado con una bella manzana, con un gran plátano, o con algún racimo de uva. Algunas veces las mujeres le regalaban una moneda.

La mujer que vendía los huevos y el queso incluso le recompensaba con «dos» monedas, cuando Tim la ayudaba a sacar su frágil mercancía de las cajas en que la guardaba.

Gastaba el dinero ganado en comprar golosinas que luego regalaba a los otros niños, pues tenía la esperanza de que al obsequiarles éstos dejarían de burlarse de él. Pero los demás niños siguieron mofándose de Tim y de su aspecto, que era verdaderamente cómico.

Cuando se percató de ello cambió de pensamiento y se guardó todo el dinero que fue ganando. Lo ahorró hasta que contó con el suficiente para poder comprar un cigarro puro, una tableta de chocolate y un caramelo de chupón.

Obsequió a su padre con el puro, regaló a su madre la tableta de chocolate y se quedó con el caramelo de chupón.

—¡Hoy es un gran día! —exclamó el padre—. Vamos a hacer una fiesta familiar.

Diciendo esto, apartó el montón de zapatos que había apilado ante él, se metió el cigarro en la boca... y comenzó a hablar sobre las peripecias que había pasado cuando era un zapatero ambulante.

Dijo que en aquel tiempo ponía en una mochila todas sus herramientas de trabajo y que iba caminando de un pueblo a otro.

Remendaba los zapatos de los habitantes de los pueblos que iba visitando, y éstos le recompensaban dándole hospedaje y permitiéndole que compartiese sus comidas.

Había visto y oído muchas cosas, por lo que tenía infinidad de historias para poder contar.

La madre de Tim se sentó junto a él y escuchó sus narraciones, y el propio Tim hizo lo mismo mientras lamía su chupón con cuidado, para que éste durase mucho, mucho...

TIM YA NO QUIERE SEGUIR SIENDO TIM. Y LA HISTORIA DE UN REY MUY GORDO

UN BUEN DÍA Tim se plantó ante su padre y le dijo:

—¡Dentro de poco será mi cumpleaños!

—¿Qué deseas que te regale? —preguntó su padre.

—¡Oh, nada! —dijo Tim—. Sólo quiero dejar de ser Tim.

—¿Te gustaría llamarte de otro modo? Voy, pues, a dedicarme a pensar en un bonito nombre para ti. ¿Te gusta el nombre de Adolar? ¿O bien prefieres el de Dagobert? ¡Este último suena maravillosamente! Tal vez piense en un nombre nuevo que nadie ha usado todavía; te llamaré: Cuclillita. ¿O prefieres que te llame Kikuli Kikulorus?

Pero Tim siguió poniendo una carita muy triste y contestó:

—No me comprendes, padre. No quiero tener otro nombre, me gusta mucho el de Tim.

Pero desearía no seguir siendo yo mismo; querría ser otro chico.

—Hmm... —rezongó su padre, pasándose la mano por los cabellos—. Eso es muy difícil. ¿Cómo te gustaría ser? —le preguntó.

—Me gustaría ser alto y delgado —dijo Tim—. Los chicos de la escuela me han cantado hoy una canción que dice:

Tim el gordo
Se paseó por un puente
Con lo que éste quedó corvo
Y Tim se cayó en la fuente...

»Han hecho esa canción a costa mía, y todos se afanaron en cantarla, con lo que acabaron por reírse a carcajadas. Me enfadé muchísimo.

—En eso te equivocaste —dijo su padre—. Hubieras tenido que reírte con ellos. Verás...: Una vez hubo un rey que se llamaba Tim el gordo. Y las gentes también hicieron muchas canciones a costa suya, pero él se limitó no sólo a reírse, sino a cantar con ellos. Y como era tan alegre y tan listo logró casarse con una princesa muy guapa, la cual le dio seis hijas. Tres de ellas fueron unas princesitas esbeltas y altas, y las otras tres fueron regordetas. Estaban siempre contentos y se divertían mucho...

Tim quedó pensativo unos momentos.

—¡Yo no soy ningún rey! —exclamó al fin, enfadado—. Si fuese rey mandaría apalear a todos los niños insolentes. O me subiría en mi caballo y me iría muy lejos. Pero en cambio tengo que permanecer aquí y aguantar las burlas que me hacen. ¡No soy más que el pobre hijo de un zapatero que vive en un sótano!

—¡Vaya! —exclamó su padre—. Empiezo a pensar que también desearías tener otros padres...

Volvió a pasarse la mano por los cabellos, adquiriendo el aspecto de un erizo muy triste, muy triste.

—¡No, no! —se apresuró a replicar Tim—. ¡Os quiero mucho! ¡No quiero tener otros padres!

Y le dio un fuerte beso.

—En esto estamos de acuerdo —dijo riendo el zapatero—, pues nosotros no queremos tener a otro Tim. Nos gustas más que todos los niños del mundo entero, por lo que tendremos que regalarte otra cosa para tu cumpleaños.

—¿Qué? —quiso saber Tim.

Su padre puso una cara muy misteriosa y dijo:

—Creo que este año te vamos a hacer un

regalo muy especial, un regalo que nunca tendrán los otros niños de tu clase.

A pesar de las súplicas de Tim, sus padres no quisieron decirle en qué consistía el regalo que pensaban hacerle. Cuando Tim les preguntaba se limitaban a reírse, y Tim acababa por reírse con ellos.

¡Tenía que ser algo maravilloso, ya que lo guardaban con tanto secreto! ¿Sería un tren eléctrico? ¿Una granja llena de animales? ¿O un pony vivo sobre el que poder montar?

Podía imaginarse las cosas más deliciosas.

CIENTO NUEVE MINUTOS ANTES DE SU CUMPLEAÑOS. Y LA HISTORIA DE UN HOMBRE TONTO

El día anterior a su cumpleaños Tim no pudo dominar su gran excitación. No logró estar atento en la escuela y sólo aguardaba a que sonase el timbre. Cuando sonó el tiembre pensó que ya había pasado otra hora... Cuando tuvo que leer no supo en qué página estaba, y cuando tuvo que contar dijo:

—Once menos dos... son siete.

Y cuando el maestro le preguntó en qué mes caían las Navidades, se apresuró a contestar:

—¡Mañana!

Al llegar a su casa le mandaron a hacer algunas compras. Su padre le dio un papelito sobre el que había apuntado:

Un paquete de sal.
Seis huevos.
Una libra de arroz.
Dos limones.

2

—No necesito ningún papel —dijo Tim—. ¡Tengo casi siete años! Me basta con que recuerde la primera letra de cada palabra: sal, huevos, arroz, limones... Con lo que puedo formar la palabra: SHAL.

Dejó el papel sobre la mesa y se dirigió a la tienda. Durante el camino volvió a pensar en que el día siguiente era el de su cumpleaños, por lo que se olvidó de lo que tenía que comprar.

Pero pudo recordar que la palabra formada con el principio de las letras de cada cosa era: SHAL.

Al llegar a la tienda miró atentamente las mercancías expuestas, para poder recordar lo que debía comprar según las letras de la palabra que había formado, y acabó comprando *S*ardinas, *H*uevos, *A*jos y *L*ija: *SHAL.*

Cuando llevó las cosas a casa, su madre se desternilló de risa.

—Tendré que hacer una sopa de sardinas y echar en la sopa unos trocitos de lija —exclamó.

—Pero he acertado con los huevos, me he acordado de ellos —dijo Tim.

Su padre también se rió mucho y aprovechó la lija para su trabajo.

Durante el transcurso de la tarde sus padres se encerraron en la habitación que hacía las veces de taller. Se oía el martillo con que el padre clavaba las suelas de los zapatos y el ruido de la máquina de coser de la madre, el padre silbaba y la madre cantaba, pero a Tim se le prohibió entrar en la estancia.

—Vete a jugar —le dijo su madre a través de la entreabierta puerta, pero Tim no tenía ganas de jugar, ni se sentía con ánimos de hacer sus deberes. No quería, no podía hacer nada. Llamaba continuamente a la puerta y preguntaba una y otra vez:

—¿Qué hora es?

Su padre contestaba:

—Faltan ciento nueve minutos para tu cumpleaños.— O bien: —Dentro de cinco minutos sólo faltarán dieciséis horas para mañana por la mañana.— O bien: —¡Pronto tendrás siete años menos medio día!

Tim no pudo dormirse aquella noche. Su madre le dio a beber agua con azúcar, pero no le sirvió de nada, por lo que fue en busca de su marido, el cual se sentó en la cama de Tim y le explicó:

—Había una vez un hombre a quien le parecía que pasaba mucho tiempo entre un cumpleaños y otro.

»Como era muy rico, le dijo a su mujer:

»—Desde mañana mi cumpleaños será a diario. Mi cumpleaños será mañana, pasado mañana, el otro y el otro, y así durante todo el año... Quiero que cada día me pongas sobre la mesa una tarta de cumpleaños con las velas encendidas, y que me hagas regalos.

»Por lo que todos los días recibió regalos y cada día tuvo su tarta de cumpleaños. Su mujer y sus hijos le felicitaban a diario y le deseaban mucha suerte.

»Así sucedió durante varios meses. Al principio el hombre se sintió muy contento, pero comenzó a aburrirse de ese juego a medida que pasó el tiempo.

»Un buen día no pudo más y exclamó:

»—¡Mil truenos! ¿Cuándo es mi verdadero cumpleaños?

»—Tu verdadero cumpleaños fue hace una semana —le contestó su mujer—. No lo has podido apreciar porque lo celebras a diario.

»Y el hombre se dio cuenta de lo estúpido que había sido, y dijo que sólo quería celebrar su cumpleaños una vez al año, al igual que las otras personas.

—¡Pobre hombre! —comentó Tim—. Debió de esperar su próximo cumpleaños durante un año entero. En cambio yo sólo tengo que dormir una noche; pero creo que seguiré despierto hasta mañana.

Su madre entró en la estancia y le cantó bellas canciones, al igual que cuando era muy pequeñito.

Tim se durmió cuando su madre comenzó a cantar la quinta.

ZAPATOS DE FUEGO, SANDALIAS DE VIENTO, Y UN PLAN FANTASTICO

CUANDO TIM despertó había llegado ya el día de su cumpleaños.

Se apresuró a saltar de la cama y a entrar como una tromba en la habitación de sus padres.

—¡Buenos días! —exclamó—. ¡Hoy es mi cumpleaños!

Recibió muchos besos y sus padres le desearon toda clase de venturas.

Luego se dirigieron a la cocina, todos en camisón de dormir. Su madre dijo que sería mejor vestirse, pero Tim no tuvo paciencia para aguardar por más tiempo.

Sobre la mesa de la cocina había una inmensa tarta de cumpleaños con las velas encendidas. Pero... ¿dónde estaba el maravilloso regalo que le habían prometido?

Tim sólo vio dos pares de zapatos: un par de zapatos de niño, color rojo, y un par de sandalias de hombre; y sobre una silla había dos mochilas, una de pequeño tamaño y la otra bastante grande.

Tim comenzó a mirar en torno suyo preguntándose si no recibiría otra cosa como obsequio, para tan señalado día.

¿Le regalaban solamente un par de zapatos nuevos, y una mochila para las excursiones que organizaba la escuela?

Y... ¿qué podía hacer con las sandalias y la mochila de mayor tamaño?

Ambas cosas parecían hechas a la medida de su padre, pero éste no celebraba su cumpleaños.

—Los zapatos han resultado muy bonitos, ¿no es así? —preguntó su padre y añadió:— Tu madre se ha encargado ella misma de hacer las mochilas. Son mucho más bonitas que las que se pueden encontrar en cualquier tienda.

—Sí... —dijo Tim—. Son muy bonitas; muchas gracias...

Pero no pudo evitar que sus ojos se arrasaran de lágrimas.

¡Era un niño muy desgraciado! ¡Sus padres ni siquiera le habían regalado un mísero juguete!

—Ahora viene lo más importante... —se apresuró a decir su madre.

—¡Yo me encargo de participárselo! —la interrumpió su padre—. ¡No te olvides de que la idea fue mía:

Y acto seguido comenzó a decir en tono solemne:

—Querido Tim: me dijiste un día que te hubiera gustado ser un rey y marcharte muy lejos de aquí, cabalgando sobre tu caballo. Pero por desgracia, no podemos regalarte un caballo pues no disponemos de cuadra.

»Así, pues, cuando tengas tus vacaciones escolares nos marcharemos a recorrer el mundo, calzando estos bellos zapatos y llevando sobre nuestras espaldas estas lindas mochilas.

»Estaremos ausentes durante cuatro largas semanas.

»Visitaremos las altas montañas y nos detendremos en los pequeños pueblos y aldeas que encontremos en nuestro camino. Remendaré los zapatos de las gentes y ellas, a cambio, nos dejarán dormir en sus casas y nos permitirán compartir sus comidas. Como también pienso en ganar algún dinerillo, lo mandaremos a casa para que tu madre pueda disponer de él.

»¿Tienes ganas de acompañarme?

—¡Ja! ¡Ja! ¡Ja! —chilló Tim—. ¿Seremos unos verdaderos caminantes?

—Estoy segura de que no os podrán tomar más que por unos vagabundos —exclamó su madre.

Tim y su padre se apresuraron a ponerse los zapatos nuevos y a sujetarse las mochilas sobre sus espaldas. Tenían un aspecto muy có-

tuvieron en la calle agitó la mano en señal de despedida, se rió y continuó secándose las lágrimas que caían de sus ojos.

Tim volvía la cabeza cada dos pasos.

—No limpies demasiado la casa y atranca bien la puerta por las noches —recomendó el padre.

—¡Regresad sanos y salvos! —les recomendó a su vez la madre—. Luego volvió a agitar la mano y se apresuró a meterse en la casa.

—¿Vamos a cantar alguna cosa? —dijo el padre.

—No puedo —contestó Tim—, tengo como un nudo en la garganta.

—Hmm... yo también.

—Hmm... debe de ser a causa de la despedida. Sí, tenemos que cantar para quitarnos este nudo.

Y acto seguido comenzaron a tararear una conocida canción, pero lo hicieron bajito bajito, pues era muy temprano y las gentes dormían todavía.

Tim se paró de pronto y dijo:

—¡Ahora!

—¿Ahora? ¿Qué pasa ahora? —preguntó su padre.

—¡Ahora comienza lo estupendo...! —exclamó Tim haciendo una cabriola.

Su padre comenzó a reír.

—¡Tim, somos unos hombrones! ¿Te sientes con tanto coraje como un león y con tanta fuerza como un caballo, Zapatos de Fuego?

—¡Tengo cien millones de corajes, al igual que un león, y cien millones de fuerza, lo mismo que un caballo! —exclamó Tim, excitado—. ¿Viviremos grandes aventuras?

—¡Naturalmente! —contestó su padre—. El mundo está lleno de aventuras.

—¿Sí? —preguntó Tim con los ojos muy abiertos. Estaba entusiasmado. ¿Hallarían a unos bandoleros en los bosques? ¿Encontrarían en ellos a muchos animales salvajes? ¿Era posible que encontrasen un tesoro enterrado?

—Eso no nos iría mal —comentó, sonriendo, su padre—. Pero ahora tenemos que apresurarnos a ir a la estación, pues de lo contrario puede escapársenos el tren que nos ha de llevar hacia nuestras maravillosas aventuras.

EL VIAJE COMIENZA, REALMENTE, Y TIM VIVE UNA AVENTURA

NO VIAJARON MUCHO en tren y descendieron en una estación muy pequeña.

Desde ella pudieron divisar las altas montañas y la carretera que comenzaba ante su misma puerta.

Tim no había estado nunca en el campo. Incluso la abuela habitaba en una gran ciudad y todos sus tíos y tías vivían también en grandes urbes. Lo encontraba fantástico todo.

—¡Vaya! —exclamó—. ¡Qué estación más linda! ¡Y cuántos manzanos! ¡Y allí un prado! ¡Y un arroyo! Mira, Sandalias de Viento... ¡Es un verdadero arroyo!

Gozoso, iba corriendo unos cuantos pasos por delante de su padre y la mochila saltaba sobre su espalda al compás de sus saltos.

El sol brillaba con todo su esplendor y además soplaba una agradable brisa.

No anduvieron mucho tiempo por la carretera, pues el padre tomó un atajo que cruzaba un prado.

¡Cuántas cosas podían verse aquí! Había flores que Tim jamás había visto, bonitas mariposas revoloteando como papelitos de colores o posadas en alguna flor calentándose al sol,

y en la entrada del bosque divisó una salamandra de fuego.

Era tan bella que a Tim le hubiera gustado acariciarla...

El bosque estaba lleno de setas y de elegantes abetos.

A Tim le hubiera gustado llevarse consigo todo lo que iba viendo.

Encontraron muchas moras y pequeñas fresas silvestres.

E incluso vieron un conejo que estaba sentado sobre el camino y muy cerca de ellos, y masticaba unas briznas de hierba y unas hojas de trébol. Cuando Tim lo divisó comenzó a pal-

motear de alegría, pero el conejo enderezó las orejas, las echó luego hacia atrás y se perdió entre la espesura.

Al mediodía llegaron a un pequeño prado, dentro del bosque. El padre buscó un lugar que estuviera sombreado y extendió el mantel. Ambos tenían mucha hambre.

De su mochila sacó unos bocadillos, varios

huevos duros y una botella llena de té. De la mochila de Tim salió una tableta de chocolate y un inmenso caramelo de chupón. Resultó un almuerzo suculento.

El padre comenzó a desatar el paquete que contenía el pastel pero Tim le dijo:

—¡Alto, Sandalias de Viento! ¡Eso no vale! ¡Acuérdate que mamá nos ha prohibido comerlo hasta mañana!

—Uyuyuy... —murmuró el padre mientras se apresuraba a volver a guardar el paquete—. ¡Caramba, qué buen vigilante eres...!

El almuerzo les dio sueño por lo que el padre se tendió en el suelo, puso la mochila debajo de su cabeza y comenzó a roncar. Pero Tim estaba demasiado excitado para poder dormir. No hacía más que pensar:

«Será mejor que permanezca despierto o que vigile. Pueden asaltarnos los ladrones, y acercársenos algún animal salvaje».

Lamía su caramelo de chupón y miraba las ramas de los árboles que se erguían sobre su cabeza, bajo el azul del cielo. De pronto susurró:

«Allí...»

¿Qué ruido era ese, junto a aquellos matorrales? Tim contuvo el aliento.

«¡Otra vez...!»

Se levantó como un rayo y gritó:

—¡Padre, una serpiente!

Y echó a correr y salió al camino que zigzagueaba junto al prado.

Su padre se incorporó y soltó una carcajada.

—¡Eh! ¡Vuelve aquí! ¡Es un ratón, hombre! Lo has asustado tanto con tus gritos que ha estado a punto de meterse dentro de una de las perneras de mi pantalón. Vaya, Tim, Zapatos de Fuego. ¿Dónde te has dejado tus cien millones de corajes, dignos de un león?

—Creo que se me han dormido —contestó Tim confuso, acercándose.

—¡Claro que sí! Siempre oí decir que los leones pierden su coraje cuando lamen sus chupones.

Se rieron de su primera y «gran aventura» y continuaron su camino.

LA TERRIBLE «ALMA» Y EL VALIENTE TIM

TUVIERON mucha suerte ese primer día, pues cuando salieron del bosque se encontraton con un campesino.

El padre le dio los buenos días y le preguntó si conocía alguna persona que habitase en los alrededores y que necesitase que le remendasen el calzado.

El hombre les contestó que sí, y les señaló una próxima granja en donde debían de hacerle la misma pregunta a su mujer.

Siguieron los consejos del campesino y la esposa del granjero se alegró mucho de que un zapatero llamase a su puerta. Se apresuró a ir en busca de todos los zapatos que estaban estropeados y el padre sacó sus herramientas y se puso a trabajar.

En la granja también vivía una pequeña niña llamada Gisela. Era de la misma edad de Tim, y se alegró mucho de que los dos caminantes hubieran ido a visitarles. Admiró mucho a Tim, a causa de que éste ya pudiese recorrer mundo...

—Ooh... —dijo Tim—. Eso, para mí, no es nada, al fin y al cabo me llamo Zapatos de Fuego.

Y se sintió muy importante.

Gisela le enseñó todos los animales de la granja.

Le mostró los caballos, los cerdos, las cabras, las gallinas, los patos y los gansos. Luego dijo:

—Nuestras vacas están todavía pastando en el campo. Dentro de poco tendré que ir en su busca. ¿Quieres venir conmigo? ¿O te dan miedo las vacas? Los niños de las ciudades acostumbran echar a correr cuando se encuentran ante una vaca...

—¿Yo...? —replicó Tim—. ¿Tener yo miedo de las vacas? ¡No me hagas reír!

Al anochecer los dos niños salieron al campo y se dirigieron al lugar en donde estaban las vacas. Cuando éstas les vieron se apresuraron a ir junto a la valla que cercaba el campo donde pastaban.

Gisela las conocía todas por sus nombres. Allí estaban *Berta, Olga, Alma* y *Emma,* e indicó a Tim:

—Ésta, *Emma,* es la vaca que siempre guía a las demás. Yo siempre la cojo de la cadena y las otras se apresuran a seguirla. Tú puedes

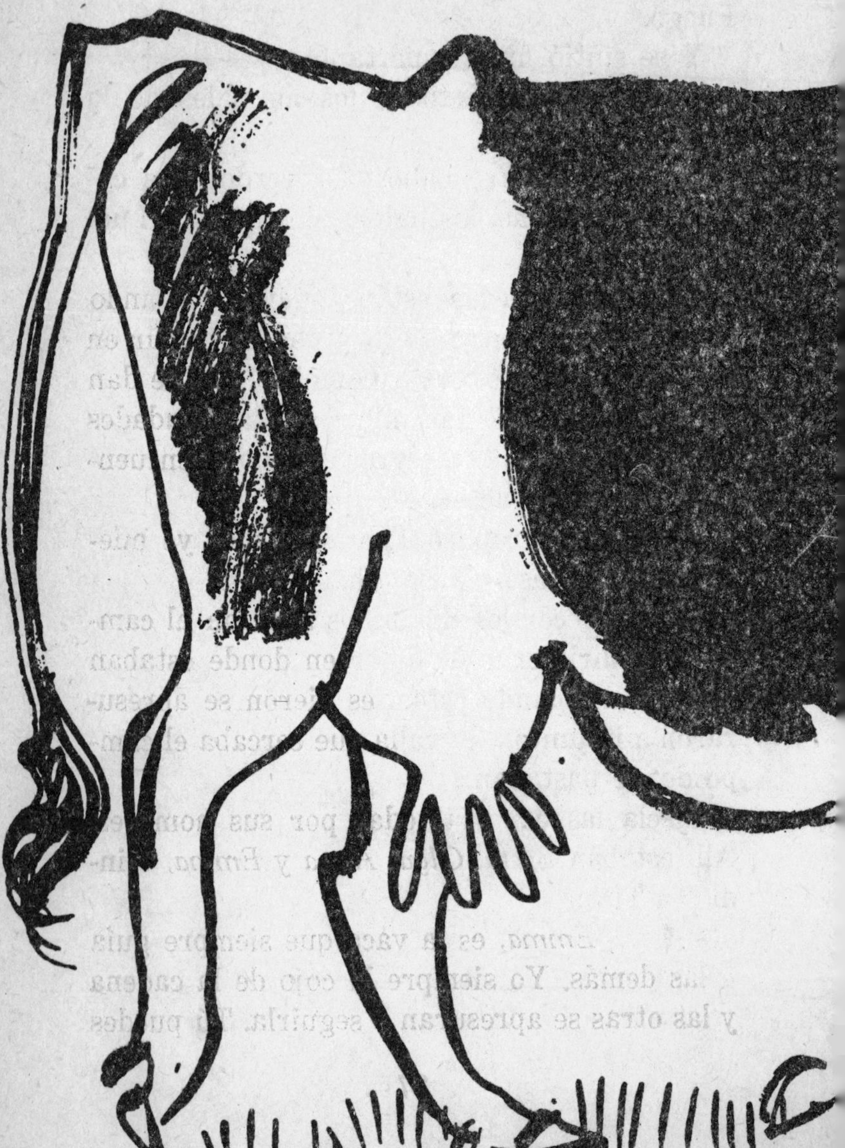

coger la de *Alma,* que suele ir siempre retrasada, y que es muy dócil.

De pronto Tim se encontró con una cadena entre las manos y vio que en el otro extremo había una vaca muy gorda, muy gorda...

Alargó el brazo para que la vaca no se acercase demasiado a él. ¡Al fin y al cabo, tenía cuernos!

Al principio todo fue como una seda. Gisela abrió la marcha con *Emma,* las otras vacas siguieron a ésta y finalmente iba Tim junto a *Alma.*

Tim no hacía más que pensar:

«¡Con eso demuestro el tipo estupendo que soy! ¡No tengo miedo de las vacas, como lo tienen los otros niños de la ciudad!»

Alma se paró de pronto, agachó el testuz, y comenzó a comer. ¿Acaso no estaría aún satisfecha? ¿O la hierba que crecía junto al camino le gustaba más que la del prado?

Tim se detuvo también, y aguardó pacientemente, pero *Alma* pareció no tener prisa.

Seguía rumiando y paseando su mirada sobre los prados.

—Haz el favor... —le dijo Tim—. Debemos continuar nuestro camino.

Pero *Alma* se negó a moverse. Hacía ya rato que Gisela había desaparecido de su vista en compañía de las otras vacas...

Alma seguía parada ante él, como una inmensa montaña, y no hacía más que masticar. Tim tiró de la cadena con precaución. *Alma* se dignó dar tres pasos pero luego volvió a pararse; y acto seguido comenzó a pasar su cola sobre la cabeza de Tim.

—¡Pfui! —exclamó éste—. ¡Deja de hacer eso! Vamos, tienes que obedecerme...

Y tiró de la cadena con más fuerza.

—¡Muuuuu...! —mugió *Alma,* y le miró impávida. Tim se asustó, el mugido sonaba terrible, oído de tan cerca. Parecía como si de la barriga de la inmensa vaca saliesen mil truenos.

Dio un salto hacia atrás y con ello también dio un fuerte estirón a la cadena.

—¡Muuuuu...! —protestó *Alma,* mientras sacudía su cabeza a la par que su voluminoso trasero

Y de pronto comenzó a correr hacia el bosque. Tim no hubiera podido imaginarse nunca que las vacas pudieran correr tan veloces. Asió fuerte la cadena y se dejó arrastrar.

—¡Alto, alto! —chilló—. ¡Da la vuelta!

Pero *Alma* se obstinó en correr cada vez más de prisa, con toda la velocidad que le permitían sus gruesas patas.

Tim sintió muchas ganas de llorar. ¿Le arastraría muy lejos esa terrible vaca? No podía separarse de ella, no podía soltarla... ¡Qué oscuro estaba el bosque!

—¡Gisela! —llamó Tim, desesperado—. ¡Giselaaaa!

—¡Síiii! ¿Dónde estás? —se oyó chillar desde abajo.

—¡Aquí, en el bosque...! ¡Ven en mi ayuda! —rogó Tim, desesperado.

—¡Muuuuu! —volvió a mugir *Alma*, y de pronto se detuvo y comenzó a comer hierba.

Al fin, Gisela llegó junto a ellos. Cogió la cadena, dio unos azotes sobre el inmenso trasero de *Alma* y dijo:

—Ale, *Alma*, ale.

Y la vaca siguió obediente colina abajo hasta que llegaron a la cuadra.

Tim iba detrás de ellos, pero ya no se consideraba tan «tipo estupendo».

—Sandalias de Viento... —dijo por la noche, cuando se encontró acostado junto a su padre—. ¡No puedes imaginarte lo que ha sucedido! ¡Has estado a punto de tener que seguir el viaje solo... mientras yo daba la vuelta al Mundo con esa terrible *Alma*!

Prorrumpieron en alegres carcajadas y aguardaron felices el nuevo día.

TIM PASA SOBRE UN PUENTE Y LA HISTORIA DE UN PEZ CENTENARIO

Zapatos de Fuego y Sandalias de Viento siguieron su viaje a través de campos y prados.

El padre fue encontrando bastante trabajo e incluso pudo mandar a casa un poco de dinero. Tim se comportó como un magnífico compañero de viaje, y se mostró muy valiente. Sus zapatos rojos adquirieron un tono gris a causa del polvo de los caminos, y comenzaron a deteriorarse debido a las piedras y a las zarzas que pisaban. A veces era en vano que pidiesen trabajo, y cuando esto sucedía se sentían cansados, hambrientos y sedientos. Pero Tim no se quejaba nunca, y si el camino les parecía demasiado largo cantaban una alegre canción para animarse, cosa que hicieron de común acuerdo desde el principio del viaje.

El padre cantaba:

Tim, Tim, Tim, Zapatos de Fuego
tiene miedo de un simple vacachuelo...

Y Tim contestaba cantando:

Sandalias de Viento tiene un sombrero
y migajas de pastel sobre un dedo...

Y luego cantaban juntos:

Somos dos zapateros errantes,
no hay bosque que para nosotros sea bastante,
no hay camino ni barranco
que pueda resistir nuestro entusiasmo...

Ascendieron cada vez más hasta la zona de las altas montañas y de esa forma llegaron a un torrente, que saltaba con gran fragor por encima de las rocas. Pero que no era profundo. Por eso los campesinos se habían limitado a tender sobre él un simple madero que hacía las veces de puente. El madero era bastante estrecho y el padre precedía a Tim.

¿Dónde podía agarrarse? ¿Tendría que pasar sobre el «peligroso» torrente sin poder cogerse a ninguna barandilla? Recordó la canción que sus compañeros habían dedicado a su gordura... ¿Qué pasaría si la tabla se rompía de pronto?

—¡Sandalias de Viento! —chilló—. Haz el favor de darme tu mano.

Pero, como el ruido del agua era ensordecedor, a su padre le fue imposible oír sus palabras. ¿O quizá fingía que no las oía?

Tim quedó perplejo delante del madero. Y vio que su padre continuaba tranquilamente su camino.

¡Tim se dio cuenta, de pronto, que había desaparecido de su vista!

«¡Lo cruzaré ahora!», se dijo, pero sus pies parecía como si estuviesen clavados en el suelo.

«Lo mejor será que cierre los ojos y de ese modo no veré ese terrible puente, y se me pasará el miedo.» Acto seguido siguió sus propios consejos, cerró los ojos y comenzó a andar.

¡Pataplún! De pronto se encontró sentado en el agua, que estaba muy fría.

...Y vio a su padre que había vuelto y que estaba arriba en la pasarela, ante él, y que reía, reía a grandes carcajadas.

Tim escaló la orilla opuesta y comenzó a frotarse sus mojadas posaderas. Sin reflexionar, se dijo:

«Sandalias de Viento es un mal padre».

Pero luego desechó este pensamiento y comenzó a reír también él.

Tim se vio obligado a permanecer echado al sol durante toda una hora, en espera de que se secasen sus pantalones.

Su padre aprovechó la ocasión para contarle una historia:

—Había una vez un pez centenario que nadaba en un inmenso mar, nadaba desde hacía ciento veintidós años. No había pez, ni nada, que pudiera con él, pues era muy astuto. Cuando veía las redes y los anzuelos de los pescadores hacía un gran rodeo, y no se dejaba tentar ni por los gusanos más gordos y suculentos. Pero cuando cumplió los ciento veintitrés años comenzó a aburrirse. Ya no sentía ningún placer en seguir nadando por los mares. Y de pronto sintió curiosidad por saber qué aspecto tenían las cosas que estaban fuera del agua, y cómo era el sol. Los otros peces no pudieron satisfacer su curiosidad, ni siquiera aquellos

que tenían ciento veinticuatro años. Entonces comenzó a pensar:

»"Voy a dejarme pescar y seré llevado a tierra, donde podré ver qué aspecto tienen las cosas que están fuera del agua."

»Nadó hacia un río desde el mar, y siguió nadando en él hasta que llegó a un puente. Sobre el puente estaba sentado un pescador que aguardaba allí desde hacía tres horas y que todavía no había pescado nada. El pez centenario mordió el grueso gusano que pendía del anzuelo. El pescador tuvo una gran alegría y se apresuró a sacarlo del agua. ¡Había pescado una buena presa! Pero, en cambio, el pez no pudo alegrarse, pues se dio cuenta de que no podía respirar fuera del agua. Agitó furiosamente la cola y las aletas, intentando zafarse del anzuelo. ¡Y el sol calentaba tanto! Sintió cómo se secaba... El pescador lo agarró por la cola y lo sostuvo en alto, pues quería que los otros pescadores admirasen el bello ejemplar que acababa de pescar. Pero el pez todavía conservaba todas sus fuerzas, por lo que se curvó, se retorció y se debatió cuanto pudo. De pronto logró desprenderse del anzuelo y caer al agua. Comenzó a nadar hacia el mar, lo más aprisa que pudo, y cuando se encontró con los otros peces les dijo:

»—La tierra es espantosa, cuando te encuentras en ella comienzas a secarte ¿Podéis imaginaros una cosa parecida? ¡No puedo comprender cómo los hombres, y los demás animales, pueden resistir una cosa semejante! Procurad no salir nunca del agua...

»Y llegó a cumplir los ciento veinticinco años.

»Entonces le ocurrió una desgracia. Un buen día nadó hacia un torrente y de pronto un niño gordo se sentó sobre él... Y el pobre pez tuvo un susto tan grande que se murió.

—¡No! —exclamó Tim—. Me estás engañando, Sandalias de Viento, no me he sentado sobre ningún pez.

—¿No? —preguntó el padre—. Bueno, pues, me he equivocado, lo que es una suerte para el pez. Ven, tus pantalones se han secado ya.

LAS TINIEBLAS, EL MIEDO, EL CONEJO MIEDOSO Y LAS ESTRELLAS

UNA VEZ tuvieron un día muy desgraciado. Dondequiera que pedían trabajo se les daba con la puerta en las narices. Finalmente anocheció y todavía no habían encontrado ningún cobijo.

Tim tenía un hambre espantosa y le dolían mucho los pies.

—En cuanto lleguemos al próximo pueblo pediremos alojamiento en la hostería —le consoló su padre.

En su imaginación, Tim vio un asado adornado con muchas patatas, y una cama muy blanda... Este pensamiento le animó y avivó sus pasos.

Pero tuvieron que atravesar un inmenso bosque, y la negra noche se cernió sobre ellos. De pronto se dieron cuenta de que habían perdido el camino, de que en la oscuridad tropezaban con las piedras y con las raíces de los árboles, con los zarzales y los matorrales, que acabaron por impedir su marcha. Tim se asustó mucho y se agarró a la mano de su padre.

¡Se habían perdido en medio del bosque! Tembloroso, Tim murmuró:

—Recuerdo una palabra que nuestro maestro dijo un día: «tinieblas». Ahora estamos rodeados por ellas.

—No —dijo su padre—. Las tinieblas sólo se extienden en torno nuestro cuando nos hallamos solos, y cuando estamos muy tristes. Y nosotros no estamos solos, tú estás conmigo y yo estoy contigo, y, mira hacia arriba, a través de las copas de los árboles: el cielo está cubierto de bellas estrellas. Y Dios también está con nosotros, es Él quien te conduce de la mano.

—Ay... —contestó Tim—. Dios no se ha ocupado hoy de nosotros...

Y se apresuró a meterse la otra mano en el bolsillo, mientras decía:

—¿No puedes contarme una historia, para distraernos un poco?

—Está bien. Te contaré... Sí, te contaré la historia de algo que sucedió una noche:

»Había una vez un conejo que siempre tenía mucho miedo. Un auténtico «conejillo miedoso» que se asustaba durante el día por haber mucha luz, y durante la noche a causa de la oscuridad. El zorro estuvo a punto de atraparle una vez y en otra ocasión un búho anduvo detrás de él, por lo que apenas se atrevía a salir de su madriguera.

»Pero una noche, como tenía mucha hambre, se aventuró hasta el lindero del bosque y entró en un campo de tréboles. De pronto tuvo un susto inmenso... Vio a una terrible lechuza sentada sobre una rama de un árbol, y se dio cuenta de que ésta le miraba con sus ojos verdosos y brillantes.

»—Me alegra mucho de que vengas hasta aquí, querido conejillo —dijo la lechuza con amabilidad, y añadió: —¡No sabes cuántas ganas tengo de comerme un tierno conejillo!

»El conejo se aplastó entre los tréboles y apenas pudo moverse, a causa del inmenso miedo que sentía y que agarrotaba sus patitas.

»Pero cuando volvió a levantar la vista al lugar en donde se encontraban los brillantes ojos que tanto le acechaban vio las bellas estrellas que fulguraban en el cielo, sobre el bosque.

»—Mi querida señora lechuza... —murmuró con voz trémula—. Estoy demasiado flaco... ¿Acaso no preferiría unas palomas para su cena? Si se molesta en levantar la cabeza comprobará que siete palomas cruzan el cielo, en estos momentos.

»—¿Por dónde? —gruñó la lechuza mientras alargaba su cuello.

»El conejillo señaló hacia siete bellas estrellas que se encontraban muy cerca las unas de las otras.

»La estúpida lechuza se relamió mientras pensaba: «¡Tengo que cogerlas!». Con lo que comenzó a volar hacia las alturas, mientras que el conejillo se apresuraba a volver al bosque y a meterse en su madriguera, en donde se encontró seguro.

Como Tim se abstrajo con las narraciones de su padre, no se fue dando cuenta de que el bosque iba haciéndose cada vez menos tupido.

De pronto se encontraron en el lindero opuesto y divisaron un valle en donde había un pueblo, pero cuyas casas estaban sumergidas en una completa oscuridad.

—Nos quedaremos aquí —dijo el padre—. ¡Mira, aquí hallaremos un techo, bajo el que podremos cobijarnos!

Se trataba de un trigal que se hallaba junto al lindero del bosque. Los campesinos ya lo habían segado por lo que estaba lleno de gavillas alineadas en hileras sobre todo el campo.

A la luz de las estrellas parecían pequeñas chozas.

El padre desató la manta de lana que llevaba anudada en su mochila y trajo del bosque un montón de ramas. De esa forma hizo para ambos una muelle cama, bajo una de las gavillas.

Tim se apresuró a ayudarle y se sintió mucho más contento de dormir en el trigal que en una auténtica hostería. El padre todavía tenía en su mochila la butifarra y un trozo de pan, que ambos compartieron y saborearon con gusto, y lo hallaron todo tan sabroso como un asado con patatas.

Se echaron sobre sus espaldas y miraron hacia el cielo. Y el padre mostró a Tim el grupo de siete estrellas con las que el conejillo hahabía engañado a la lechuza.

También le enseñó la Osa Mayor, la Osa Menor, la Corona y el Cisne.

¡Qué maravillosa y bella era la noche!

—¡Pero el Carro de las siete estrellas es lo que más me gusta! —dijo Tim, y luego preguntó muy bajito:

—¿Crees que Dios estará enfadado conmigo por haber dicho lo de antes?

—No —contestó su padre—. Pues sabe que te equivocaste.

—¡Y cómo! —exclamó Tim, muy contento—. Incluso ha apretado mi mano mientras la tenía metida en mi bolsillo. ¡Y de pronto es todo tan bello! Hasta estoy contento de que hayamos tenido un día de poca suerte. Si no fuera así no dormiríamos aquí, sino que estaríamos en una cama metida en una habitación...

Los dos caminantes se hallaban muy cansados, por lo que se acurrucaron dentro de la gavilla; podía verse de ellos solamente sus cuatro piernas.

Los árboles del inmenso bosque susurraban, y de vez en cuando se oía el chillido de algún animal.

—Es la lechuza... —observó el padre—. Está muy enfadada por no haberse podido comer el conejillo. Y el zorro también ladra. ¿Lo oyes?

—Sí, pero... ¿qué es ese ruido? —preguntó Tim, miedoso.

—¡Pst! Calla... Es nuestro conejillo, que se desliza mirando las estrellas... No lo asustes.

Tim contuvo el aliento y escuchó atentamente, tanto, que acabó por dormirse.

TIM SIGUE SIENDO GORDO. Y LA HISTORIA DE UN CORDERITO NEGRO

A PRIMERAS horas de la mañana descendieron la colina y bajaron al pueblo. El padre halló trabajo en una granja y Tim se fue a deambular por las calles. Encontró a unos niños que jugaban a la pelota.

—¡Mirad a ese gordinflón! —exclamó uno de ellos, mientras señalaba a Tim con el dedo. Los demás chicos se le quedaron mirando y empezaron a reír.

—¡Estúpidos! —murmuró Tim, que enrojeció. Y se apresuró a ir al encuentro de su padre.

—¿Qué sucede? —preguntó éste, pues advirtió en seguida que Tim estaba muy triste.

—Pues que aquí pasa lo mismo que en nuestra ciudad. Se burlan de mí por ser gordo. ¿Por qué tengo que tener un aspecto tan espantoso?

—¡Tu aspecto no es espantoso! —rectificó su padre—. Lo que ocurre es sencillamente que tienes el aspecto de Tim, que no existe en todo el mundo más que un Tim Zapatos de Fuego, y que Tim resulta que es un poco gordo. Tienes que acostumbrarte a eso.

—¡Pero no quiero serlo, no quiero y no quiero! —chilló Tim—. ¡Dejaré de comer hasta que adelgace!

—Con eso sólo conseguirás enfermar. El pequeño corderito también enfermó. Te voy a contar la historia:

»Sobre un prado había un rebaño de corderos, uno de ellos era negro, mientras que todos los demás eran blancos. Estos últimos estaban convencidos de que eran blancos, en realidad eran grises. Pero esto no impedía que le dijesen al corderito negro:

»—¡Oooh! ¡Eres espantosamente negro!

»Por lo que el corderito negro se puso muy triste, se apartó de ellos y se escondió.

»Un día se fue a un río y se sumergió en sus aguas, durante tres horas, pero el río no pudo volverle blanco... y sólo logró coger un resfriado a causa de la frialdad del agua. Entonces emigró a otro prado, pero en éste le sucedió lo mismo que en el anterior. Pues los corderos que en él había se mofaron de él en cuanto lo vieron.

»Y dijeron entre ellos:

»—¡Oh! ¿Habéis visto alguna vez algo más

negro? ¡Todos los corderos deberían ser blancos!

»Por lo que el pobre corderito comenzó a pensar que Dios se habría equivocado al darle un color tan negro...

»Quiso ir a verle y pedirle que lo volviera tan blanco como a los demás corderos... Se puso, pues, en camino y logró llegar hasta la puerta del Cielo. Al verle, el portero no quiso dejarlo entrar, por ser tan negro, pero el corderito se agachó tanto que logró hacerse muy pequeño, y consiguió deslizarse por entre sus piernas.

»El guardián de la segunda puerta del Cielo tuvo lástima de él, a causa de su color... Y le dejó pasar.

»Pero el portero de la tercera y última puerta del Cielo, dijo al verlo:

»—¡Qué cosa tan bonita, un cordero negro! ¡Me gustas mucho! Te voy a conducir ante Dios.

»El corderito comenzó a sentir un miedo terrible y se preguntó:

»"¿Querrá Dios ver un corderito negro?"

»Sus delgadas patitas comenzaron a temblar y apenas pudo dar un paso. Pero de pronto oyó cómo el tercer portero, decía:

»—¡Qué bien has hecho todas las cosas del

Mundo, querido Señor! ¿No te parece, Señor, que este corderito negro es muy lindo? ¡Estoy seguro de que lo quieres más que a los demás!

»Y Dios miró al corderito y no dijo más que:

»—¡Sí!

»Y el corderito no se había sentido nunca tan feliz. Y se apresuró a volver a su prado. Balaron los demás corderos en cuanto lo vieron, y luego dijeron:

»—Ha vuelto ese cordero tan feo...

»Pero el corderito pensó que Dios lo había hecho negro a él solo, que por eso lo quería más que a los otros, y que lo encontraba muy lindo. Por lo que contestó a las burlas de los demás, diciendo con toda calma:

»—Ya se que soy negro, y estoy muy contento de serlo.

»Luego se puso a comer la hierba, y siempre fue muy amable con los demás corderos. Estos acabaron por acostumbrarse a su hermanito negro y por dejarlo tranquilo, sin más pullas ni burlas.

—¿Crees que soy también un cordero?—preguntó Tim.

—Algunas veces —contestó su padre—. Si no, te darías cuenta de lo aburrido que sería el mundo si todos fuésemos iguales.

Tim se apresuró a darle un beso y a ir en busca de los niños que se habían burlado de él.

—¡Ha vuelto el gordo, ha vuelto el gordo...! —chillaron éstos.

Un muchacho grandullón dijo:

—Podría ser un buen portero; es tan grueso que no dejaría pasar ninguna pelota.

¡Había dicho grueso! Tim tragó saliva. Pero de pronto comenzó a reír y les dijo:

—No me importa ser portero, si me dejáis jugar con vosotros.

—Me gustas —dijo el grandullón y le dio una palmada sobre los hombros—. Porque no eres rencoroso.

Tim indicó a los niños cuál era su nombre, y les explicó de dónde venía. Y todos le admiraron por haber hecho un viaje tan largo.

Se quedó todo el día junto a ellos. Por la tarde jugaron a los indios y Tim fue bautizado con el nombre de «el gordinflón vagabundo».

Pero no se ofendió por ello y pasó un día estupendo.

Cuando Zapatos de Fuego y Sandalias de Viento se dispusieron a dejar el pueblo, al día siguiente, los muchachos les acompañaron hasta el lindero del bosque. Allí se despidieron de ellos efusivamente y les dieron un fuerte apretón de manos.

—Adiós, señor Sandalias de Viento.

—Adiós, Tim, Zapatos de Fuego. ¡Hasta el año que viene, gordinflón vagabundo! ¡Y ten cuidado de no adelgazar demasiado!

Tim se rió y les dijo:

—Volveremos el próximo año. ¿No es así, Sandalias de Viento? Pero oidme, muchachos, ¡estaré muchísimo más gordo!

Y al igual que el pequeño corderito negro, emprendió el camino por campos y prados, junto a su padre.

EL GORRO MÁGICO Y UNA HISTORIA SIN FIN

HACÍA UN DÍA muy caluroso. A Tim le hubiera gustado echarse bajo la sombra de un árbol, pero su padre se obstinó en seguir andando con sus largas piernas.

—Tenemos que apresurarnos —dijo—, pues es posible que en el próximo pueblo nos aguarde una carta de tu madre. Le he rogado que nos escribiese allí.

Tim apresuró el paso, tan aprisa como le permitían sus pequeñas y regordetas piernas; tenía prisa por poder tener entre sus manos la carta de su madre.

En cuanto llegaron al pueblo se dirigieron a la oficina de Correos, y el encargado les dio un gran paquete. Lo desenvolvieron allí mismo, encontrando en él ropa limpia para ambos, un enorme pastel, una butifarra muy larga, un caramelo chupón, una caja de cigarros y... ¡un bello gorro de lana roja para Tim!

La madre escribía que sentía mucha añoranza de Sandalias de Viento y de su pequeño Zapatos de Fuego, y les mandaba muchos, muchos besos.

—Ya no soy «pequeño»... —gruñó Tim, pero no pudo evitar que sus ojos se arrasaran de lágrimas.

Sacaron de sus mochilas la ropa sucia y la envolvieron con el mismo papel del paquete que acababan de recibir. El padre escribió una carta y Tim hizo un dibujo.

Le resultó muy difícil hacerlo sobre el estrecho mostrador de la oficina de Correos, por lo que hizo muchos borrones, pero el padre lo encontró muy bonito.

En el dibujo podían verse las altas montañas, un arroyo cruzado por un puente y un prado sobre el que había una vaca muy grande. También trazó una carretera sobre la que iban dos caminantes, uno de ellos era muy alto y delgado, y se tocaba con un viejo sombrero... Y, en cambio, el otro era muy pequeño y tan redondito como una pelota.

Tim escribió debajo del dibujo:

«¡Este es el aspecto que tenemos cuando caminamos por estos mundos!».

Mostró su dibujo al empleado de la Estafeta y éste le obsequió con un lápiz azul y con otro rojo. Con ellos pintó el cielo de azul, lo mismo que el arroyo, y pintó de rojo la cabeza y los zapatos del pequeño y regordete caminante.

Colocaron el dibujo sobre la ropa y luego ataron cuidadosamente el paquete; después se despidieron del amable empleado y se sujetaron las mochilas sobre los hombros.

Cuando volvieron a encontrarse en la calle, exclamó Tim:

—Escucha, Sandalias de Viento: creo que estoy enfermo. Noto como si mi estómago estuviera completamente vacío, y como si tuviera dentro de mí un gusanillo que me fuera royendo...

—Hmm, hmm... —contestó su padre, moviendo la cabeza—. Debe de ser una enfermedad muy contagiosa, pues a mí me sucede lo mismo. Pero sé un buen remedio para esa enfermedad. Ponte el gorro que te ha mandado tu madre y verás cómo te encuentras mejor.

—Y tú fúmate un cigarro —le dijo Tim.

Así lo hicieron. Pero las gentes laboriosas que se cruzaron con ellos se extrañaron mucho de ver a un niño muy gordo que llevaba un gorro de lana roja en pleno verano, y tomaron a su padre por un perfecto gandul. ¡Se estaba paseando en pleno día, y con un cigarro encendido entre sus labios!

Pero a Zapatos de Fuego y a Sandalias de Viento les importó un comino lo que las gentes pudieran pensar de ellos. Al fin y al cabo no podían saber lo enfermos que estaban... Y tampoco podían comprender nada sobre gorros mágicos y sobre cigarros que lo curaban todo...

Por lo que continuaron tranquilamente su camino y volvieron a salir a la carretera. El padre opinó que Tim ya podía quitarse el gorro, pero él se negó a hacerlo. Estaba muy triste y no podía dejar de pensar en su madre y en su casa.

—Querría... —insinuó muy bajito, pero se calló de pronto. Estaba seguro de que a su padre no le agradaría oír: «Me gustaría estar de vuelta en casa...».

—¿Qué es lo que quieres? —preguntóle su padre mientras le soplaba a la cara una nube de humo.

—Nada, nada —se apresuró a contestar Tim, volviéndose tan colorado como el gorro que llevaba sobre la cabeza.

Ante ellos pasó un coche muy elegante, iba descubierto y dentro de él iban sentados un hombre y una muchachita. La muchachita agitó la mano y saludó a los dos caminantes, éstos

le devolvieron el saludo, pero Tim se puso de pronto de mal humor y sintió envidia de la muchachita.

—Si tuviéramos un coche... —comenzó a decir. Pero su padre le interrumpió preguntándole:

—¿Estás cansado?

—Un poco.

Se sentaron a la sombra de un manzano y desempaquetaron el pastel. Un avión cruzó de pronto el cielo como un gigantesco pájaro.

—Si pudiera volar... ¡Oh, Sandalias de Viento! ¡Si pudiera volar! —exclamó Tim.

Su padre se pasó la mano por los cabellos

y de pronto adquirió el aspecto de un inmenso y triste erizo.

—Yo querría, yo desearía, si yo pudiera. Ja, ja, ja, aquel muchacho se llamaba de ese modo —murmuró.

—¿Quién? ¿Cómo se llamaba? —preguntó Tim, curioso.

—Un niño muy pobre, muy pobre, sobre el que oí hablar en alguna parte. Se llamaba «Yo querría, yo desearía, si yo pudiera». Pero la historia no tiene fin.

—¡Cuéntamela! —rogó Tim.

—Comienza siendo muy divertida, pero luego se vuelve triste, y nunca se supo cómo terminó. No conozco su final, pero es posible que éste sea bueno. Te la voy a contar, escucha:

«Había una vez un niño que podía desear todo lo que quería, pues sus deseos siempre quedaban colmados. Cuando pensaba: «¡Desearía que el maestro se pusiera enfermo para que mañana no hubiera colegio!», el maestro padecía un fuerte dolor de muelas. Y si pensaba: «¡Me gustaría poseer todos los bombones que pudiera llegar a comer!», recibía al día siguiente un paquete de su abuela en el que había un quilo de chocolatines. Y cuando pensaba: «¡Me gustaría correr más aprisa que los demás niños!», sus piernas parecían tener alas y ganaba todas las carreras.

»Ganaba en todos los juegos; ganaba cuando jugaba al escondite, a policías y ladrones, a frío, frío, caliente, caliente, y a cualquier otro juego. Y cuando jugaba al fútbol su equipo siempre quedaba victorioso.

—¡Qué suerte tenía ese chico! —comentó Tim.

—¿Lo crees así? —preguntó su padre—. Pues mira, llegó un momento en que los otros niños se negaron a jugar con él.

»Entonces comenzó a desear todos los juguetes que podían encontrarse en cualquier juguetería, deseó tener muchos trajes, e incluso se atrevió a desearse otra cara y otros cabellos.

»Su padre no tuvo necesidad de seguir trabajando, el niño deseó para él muchísimo dinero, un coche, una casa y un inmenso jardín. Y deseó para su madre bellos vestidos, muchas joyas, unos muebles muy lindos, todo lo que a ésta le apetecía...

Y llegó el día en que sus padres estuvieron tan ocupados con todo lo que tenían que no les fue posible seguir preocupándose por él.

—¡Pero tenía muchos juguetes! —dijo Tim—. ¿Poseía también un tren eléctrico?

—¡Claro que sí! —respondió su padre—.

Pero le era imposible jugar con todo a la vez. Y le resultó aburrido tener que jugar siempre solo...

»Presta atención a la continuación de la historia:

»Un buen día fue a visitarle un tío suyo que tenía una barba muy larga. El niño pensó en seguida: «¡Me gustaría tener una barba tan larga como la de mi tío!». Y de pronto comenzó a crecerle la barba... Cuando iba por la calle llamaba la atención de todo el mundo, y las gentes le señalaban con el dedo y decían:

»—¡Mirad a ese niño, que barba tan larga tiene!

»El chico se enfadó mucho y sintió ganas de deshacerse de su barba.

—Bien: sólo tuvo que desearlo, ¿no? —observó Tim.

—No, no podía —contestó su padre—. No podía prescindir de lo que ya había deseado, por lo que se vio obligado a esperar a que su barba desapareciera por sí sola.

»Y eso le sucedía cada vez que desaba algo absurdo.

»Una vez deseó poseer un hipopótamo, el mismo hipopótamo que había visto en el Parque Zoológico, y que tanto le había divertido. El animal trotó, pues, hasta su casa, y les destrozó todo el jardín. El director del Parque Zoológico tuvo que pedir ayuda a los bomberos para podérselo volver a llevar. Y cuando deseaba que lloviese llovía durante toda una semana. Todo sucedía de ese modo... Una vez deseó hacer un largo viaje en barco, y cuando se encontró en alta mar y tuvo nostalgia de su casa se vio forzado a navegar hasta América, y a esperar a que el barco regresara a su patria.

—¡Vaya! —exclamó Tim—. ¡Pobre chico!

—En eso tienes razón —afirmó su padre—. Era un niño muy, muy desgraciado. Pero, por fin, aprendió a ser precavido con sus deseos. Desde entonces se pasó los días sentado en un rincón y pensando qué era lo que podía desear... Pero como ya no se le ocurría nada se aburrió mucho y transcurrió muy triste su vida, porque ya no había nada que pudiera hacerle ilusión.

—¿Y cómo continúa la historia?

Su padre cortó otro trozo de pastel y le dio un mordisco.

—Ya te he dicho que esa historia no tiene fin. Todo el mundo puede tener deseos, por mucho que éstos sean, por lo que el pobre «Yo querría, yo desearía, si yo pudiera» no pudo evitar seguir deseando algo.

—Hmm... —hizo Tim y se quitó el gorro rojo de la cabeza. Comenzó a darle vueltas entre sus manos y se quedó muy pensativo. De pronto comenzó a reír y preguntó: —¿Puedo desear yo también alguna cosa, Sandalias de Viento?

—¡Ten cuidado, Zapatos de Fuego! —le recomendó su padre, muy asustado—. ¡Sé prudente! No desees nada que pueda luego perjudicarte.

—Pero si sólo deseo otro pedacito de pastel... —aclaró Tim, muerto de risa—. Si supiera que se iban a cumplir todos mis deseos desearía ser tan alto como tú. ¡O tal vez más alto! Y si quisiera tener los cabellos azules... ¡Ay, no, eso no! ¡No, eso no!

—¿Un pedacito de pastel? —Su padre rióse también—. Tu deseo es razonable.

Mientras acababan de comer iban ideando, riéndose los dos, toda clase de deseos disparatados, y cuando se dispusieron a continuar su camino volvían a sentirse tan felices y contentos como siempre.

TIEMPO LLUVIOSO, MAL HUMOR. Y LA HISTORIA DE UNA NARIZ

LLEGARON a una inmensa granja y Sandalias de Viento encontró allí tanto trabajo que lo tuvo ocupado durante tres días. Tuvieron con ello mucha suerte, pues el tiempo cambió de pronto y comenzó a llover.

Los granjeros tenían tres niños con los que Tim pudo entretenerse jugando.

Y en la granja también había un caballo viejo y reposado, por lo que le permitieron montar en él de vez en cuando. Cuando Tim montaba sobre el caballo se sentía como un rey y pensaba que le hubiera gustado quedarse en la granja para siempre. Pero apenas todos los zapatos estuvieron remendados, su padre le preguntó:

—¿Ya has limpiado tus zapatos de fuego? Mañana continuaremos nuestro camino.

Tim suplicó:

—¡Quedémonos un día más! ¡Sólo un día!

—Eso no es posible. Ya he terminado mi trabajo.

—¡Pero si está lloviendo!

—¿Acaso eres de azúcar, Zapatos de Fuego? Caminar bajo la lluvia será una nueva aventura.

—Pero yo no quiero vivir nuevas aventuras... —exclamó Tim—. ¡Quiero quedarme aquí! Has ganado tanto dinero que hasta podemos permitirnos albergarnos en una hostería. Hay una aquí en el pueblo; si vamos allí podré seguir jugando con estos niños.

Pero su padre insistió en negarse, y así, al día siguiente, Tim se vio obligado a madrugar, a ponerse su impermeable y emprender, con su padre, el camino bajo la lluvia.

Se sentía fastidiado, e incluso el gorro rojo no le pareció tan bonito como hasta entonces.

—Voy a constiparme, y tú tendrás la culpa —exclamó en tono de acusación—. Me pondré muy enfermo. Y si me pongo enfermo, entonces sí que te verás obligado a llevarme a una hostería y mamá te reñirá por no haber sabido cuidar de mí.

Su padre, en vez de contestar, comenzó a silbar una canción y siguió caminando. Lo precedía unos cuantos pasos.

Luego, se volvía de vez en cuando y decía:

—Ten cuidado, que nos acercamos a un gran charco.

Pero Tim estaba tan enfadado que chapoteaba a propósito, a espaldas de su padre, por todos los charcos. Quería mojarse los pies, para ponerse muy enfermo.

«¡Para castigar a papá!», pensaba.

Al cabo de un rato su padre comenzó a hablar bajito, como si se lo dijera a sí mismo:

—Hubo una vez una mujer que no hacía más que disgustarse. Se enfadaba ya desde las primeras horas de la mañana. Empezaba a enfadarse cuando se despertaba, porque tenía que levantarse, y no quería; luego se enfadaba a causa del tiempo. Cuando iba a la compra se enfadaba con las gentes que encontraba a su paso; si éstas eran amables con ella, murmuraba:

»—¡Ya, ya! ¡Sólo lo hacen ver!

»Y si éstas se mostraban desagradables, solía decir:

»—¡Siempre he sabido que la gente es muy mala!

»Cuando llegaba el cartero se enfadaba si éste le traía alguna carta, por tener que contestarla, pero si, en cambio, el cartero no tenía correspondencia para ella se enfadaba porque nadie se molestaba en escribirla. Pasaba todo el día de esa forma y cuando llegaba la noche se enfadaba por tener que irse a dormir.

»Y un buen día comenzó a enfadarse con la ciudad en que habitaba. Hasta que hizo su maleta, y se fue al campo. Pero una vez allí comenzó a enfadarse con los campesinos, con las vacas, con los malos caminos y con la comida. Que, como era de esperar, no le gustaba. Y regresó a su casa y siguió tan enfadada como antes de irse.

»Con el tiempo su cara fue adquiriendo una expresión amargada. Su frente se llenó de arrugas y su boca pareció una estrecha línea. Pero lo peor de todo era la nariz, pues ésta se le fue alargando y afilando. El que se cruzaba con ella por la calle veía ya desde lejos su nariz de «Pinocho». Pero la nariz de la mujer no era tan divertida y simpática como la de «Pinocho», sino todo lo contrario: era una nariz que demostraba a las claras que quien la poseía estaba siempre de muy mal humor. Era una nariz repulsiva, avinagrada.

Tim se apresuró a tocarse la nariz, pero lo hizo con disimulo.

—Ya sé por qué me has contado esa historia —gruñó—. Pero a pesar de ello pienso seguir enfadado.

Su padre lo contempló con gran atención.

—Hmm... —dijo, al cabo—. Todavía no se ve, pero ten cuidado, las narices de las personas enfadadas crecen mucho durante los días de lluvia. Lo mismo que la hierba. Pero tal vez te resulte práctico... Podrás colgar de ella tu mochila cuando te sientas cansado de llevarla en la espalda.

Tim ya no pudo contener más la risa:

—¡Deja de hablar, Sandalias de Viento! Hace ya mucho rato que no estoy enfadado.

—No sabes cuánto me alegro, porque comenzaba a pensar que yo también tenía que enfadarme, y con las narices tan largas tu madre no nos hubiera reconocido a nuestro regreso.

—Y el maestro de la escuela hubiera dicho: «¡Qué niño más raro! Es tan gordo como Tim pero su nariz es mucho más larga».

Se volvió a encontrar como un alegre caminante, saltó por encima de todos los charcos, sacudió de su pelo las finas gotas de lluvia que seguía cayendo, y, soplando hacia arriba, desprendió las que se le habían adherido a la nariz.

Su padre también comenzó a soplar, e hizo saltar así de la suya una nube de gotitas. Pero Tim, riendo, le ganó en ese juego: lanzó sus gotitas mucho más alto que él...

EL TESORO ESCONDIDO. Y LA HISTORIA DE UN CERDITO QUE QUERÍA TRAER SUERTE

La lluvia cesó al fin y los dos caminantes se alegraron de que todo tuviera un aspecto tan limpio y lozano. Hacía ya tres semanas que estaban de viaje, y comenzaron a hablar, cada vez más o menudo, de regresar a casa. También hablaron mucho de la madre, y no dejaban de pensar en lo que podrían llevarle como regalo.

—¡Si encontrásemos un tesoro! —dijo Tim—. ¡Si encontrásemos una montaña de oro y de piedras preciosas!

Un buen día ascendieron por una colina coronada por un bosque y hallaron en el centro de dicho bosque un castillo en ruinas. Sus paredes y sus torreones se habían desmoronado y la hiedra trepaba sobre los trozos que todavía quedaban en pie. Las ramas de los árboles asomaban por los huecos de lo que antaño habían sido unas ventanas.

—¡Aquí está el tesoro, Sandalias de Viento! —exclamó Tim, apresurándose a trepar por una torcida escalera recortada en un muro.

Su padre se echó en la hierba y dijo:

—Voy a descansar durante un rato. Apresúrate a llamarme en cuanto encuentres el tesoro.

Tim se abrió camino a través de la espesa maraña y salió a una gran extensión que antaño fue el patio del castillo. Una vez en él examinó todos los rincones, sin resultado.

¡Pero era más que seguro que allí había un tesoro enterrado!

En algún lugar debía de haber un arcón lleno de piedras preciosas, o bien algún saco repleto de monedas de oro.

Recorrió, pues, los lugares que habían sido los aposentos del castillo, la antigua bodega y las cuadras, pero tampoco encontró nada en ellos.

Halló solamente varias cajetillas de cigarrillos, que estaban vacías, muchísimos papeles, y algunos restos de latas de conserva.

Se dijo que seguramente el lugar habría sido visitado antes por otras personas, y que éstas habrían descubierto, y se habrían llevado, el tesoro.

Tim estaba muy contrariado y decepcionado.

—Hemos llegado demasiado tarde —se lamentó—. No tenemos suerte... Siempre seremos pobres.

—¿Conoces la historia del cerdito de la suerte? No, ¿verdad? —le preguntó su padre. Y empezó su relato:

«Había una vez un cerdito muy gordo y

muy rosadito. El cerdito gustaba a todo el que lo veía, pero se empeñó en ser el cerdito de la suerte.

»Pensaba: «Los cerditos de la suerte siempre suelen ser ricos, por lo que es preciso que encuentre un tesoro».

»Y desde entonces ya no jugó con los otros cerdos, ni comió, ni durmió. Se pasaba los días y las noches haciendo grandes hoyos en el suelo de la pocilga y en el patio de la granja. Su rosado hociquito se cubrió de llagas y comenzó a sangrar, y el cerdito adelgazó mucho, hasta que llegó a adquirir un aspecto escuálido. Pero a pesar de ello siguió buscando y una noche encontró bajo las baldosas que cubrían el suelo de la pocilga una vieja olla de cobre llena de monedas de oro, de perlas, y de piedras preciosas. Se apresuró a comérselo todo, se comió hasta la última moneda de oro, y la última perla, y la última piedra preciosa.

»Pero a pesar de que vio colmados sus anhelos no pudo sentirse feliz, pues notaba en su barriga unos dolores muy fuertes. Se había vuelto tan pesado que apenas podía dar un paso... Pero lo peor de todo fue el miedo que comenzó a sentir, pues en cuanto hacía el más pequeño movimiento el oro y las gemas que se había comido comenzaban a agitarse dentro de su barriga, y hacían un ruido espantoso. Por lo que no pudo dejar de pensar que el granjero se apresuraría a matarlo en cuanto se diera cuenta de ello. También pensó que los ladrones se apoderarían de él y se lo llevarían para sacrificarlo luego...

»El cerdito dejó caer sus orejas y su pequeña colita rizada y concluyó: «¡Soy un cerdito muy desgraciado!».

»De pronto su madre la cerda se acercó a él y le dijo:

»—¡Nuff, nuff! Eres un cerdito muy tonto, pues has comido algo que puede hacerte mucho daño. Apresúrate a escupirlo.

»El cerdito la obedeció y cuando hubo escupido la última pieza de oro se sentió mucho mejor. Y al volver a comer su alimento cotidiano, éste le supo a gloria. Luego volvió a jugar con los demás cerdos y se revolcó alegremente sobre los montones de estiércol. Y pensó: «¡Es maravilloso volver a ser un verdadero cochino! Ahora sí que tengo suerte y soy feliz...».

—¿Y quién se quedó con el oro? —quiso saber Tim.

—El granjero. Mandó a construir una nueva pocilga y anudó en señal de agradecimiento un bello lazo de color azul a la colita del cerdito que había encontrado el tesoro.

—Tal vez tengas razón —opinó Tim—. Pues si tuviéramos que cargar con un saco repleto de oro nos resultaría imposible continuar nuestro viaje. Y además siempre estaríamos en sobresalto a causa de los ladrones. Tal vez sea mejor así... ¿Quieres que juguemos a alguna cosa? ¿Jugamos a bandoleros y a caballeros andantes?

Así lo hicieron. Tim hizo las veces de caballero, y se apresuró a tomar posesión de su castillo...

—¡Ven aquí, malvado ladrón llamado Sandalias de Viento! —chilló desde una de las ventanas—. ¡Ven aquí e intenta vencerme...!

El tal ladrón, apodado Sandalias de Viento,

lanzó un terrible alarido, luego se echó sobre la nuca su viejo sombrero y se apresuró a perseguir al caballero feudal, que chillaba:

—¡No me atraparás, no me atraparás, malvado ladrón!

Pero de pronto no pudo seguir corriendo, pues vio que un gran agujero se abría bajo sus pies. Cayó en un sótano que estaba muy oscuro, y una nube de piedras llovió sobre él.

—¿Te has hecho daño? —preguntó su padre, asustado.

—No... ¡Pero me encuentro en un lugar espantoso! ¡Y veo una araña!

Sandalias de Viento se desató el cinturón, y echándose sobre su barriga lo metió por el agujero. Tim se agarró a él con fuerza y procuró trepar como pudo hacia la superficie.

—¡Qué pesado es este saco de oro! —exclamó su padre.

Y cuando Tim volvió a encontrarse junto a él lo agarró, se lo puso sobre la espalda como si realmente fuera un saco lleno de monedas de oro, y lo sacó del castillo.

—¡Aaaah! —gritó—. El ladrón Sandalias de Viento acaba de sacar un tesoro del sótano. ¡El mejor tesoro del mundo! Se lo llevaremos a mamá, y mamá se sentirá muy, muy contenta...

UN DÍA ALOCADO. Y LA HISTORIA DE LOS DOS HALCONES VAGABUNDOS

UNA MAÑANA dijo Sandalias de Viento:

—Zapatos de Fuego: creo que vuelvo a sentirme mal, me encuentro como vacío por dentro.

—¡Yo también! —contestó Tim—. ¡Es espantoso! Mis piernas parecen de goma, se niegan a seguir caminando, y mi barriga parece estar hueca. ¡Quiere dulces y chupones!

—Es preciso que pongamos remedio a nuestra enfermedad —propuso su padre—. Iremos al próximo pueblo y buscaremos una confitería, compraremos pasteles y chupones, y también manzanas y unos cuantos cigarros; luego nos dirigiremos al bosque más cercano y nos echaremos bajo la sombra de un árbol. ¡No podemos llegar enfermos a casa! Podríamos contagiar a mamá. Si sucediera una cosa semejante toda la familia nos lo reprocharía, y eso sí que no puede ser...

Compraron, pues, una gran bolsa de papel

llena de fruta, otra de pasteles, y algunos chupones, y cigarros, y fueron en busca de un prado en el que poder descansar. Lo encontraron pronto, pues en medio del bosque más cercano se extendía ,una pequeña pradera. También había en ella un arroyuelo que saltaba sobre las piedras cubiertas de musgo.

—Este es el hospital adecuado, Tim —exclamó el padre, mientras se puso a extender la manta debajo de las ramas de un inmenso abeto. Tim hurgó en la bolsa de papel que contenía los pasteles... Se quitaron ambos los zapatos y los calcetines, y comenzaron a chapotear en las aguas del arroyo. Se empujaban el uno al otro, y armaron una gran algarabía. Cuando terminaron con sus juegos encendieron un pequeño fuego, el padre ensartó las manzanas en un palo y se puso a asarlas. ¡Qué bien olían! Las comieron, Tim se relamió de gusto y dijo:

—¡Creo que ya estoy curado! Y tú también, ¿verdad?

Se echaron sobre la espalda y contemplaron las nubes que surcaban el cielo.

—Aquélla tiene la forma de un perro.

—No; más parece la forma de un pato —corrigió su padre—. Tiene el pico a la derecha...

—¡Pero si su cola es igual que la de un perro! —exclamó Tim.

—Es un «perro-pato». ¿Acaso no lo conoces? ¿Qué es lo que os enseñan en la escuela? Los perros-patos son muy famosos, y además ladran...

—No dices la verdad —repuso Tim—. ¿Cuándo los has visto?

—Los vi en una ocasión, pero estaban dormidos... ¡U-ha! —bostezó—. Estoy muy cansado, Zapatos de Fuego.

Buscó la sombra de las ramas del abeto y extendió ante sí sus largas piernas, pero Tim no le dejó dormirse. Su padre exclamó:

—¡Mira aquel pájaro tan grande! ¿Sabes cuál es? Es un busardo; no, un halcón; tal vez sea un halcón vagabundo...

—¡Un halcón vagabundo! —rió Tim—. Me estás engañando otra vez.

—Eres muy descarado, Zapatos de Fuego. Los halcones vagabundos existen realmente, si lo dudas puedes preguntárselo a tu maestro. Y ahora déjame dormir. Vete a jugar, pero no salgas del prado. ¿Me oyes?

Tim se fue junto al arroyo y comenzó a coleccionar chinitas.

Luego construyó un dique y un laguito, e

hizo navegar en éste un trocito de madera. Pero no le divertía tener que jugar solo.

¿Por qué se había empeñado su padre en dormir durante toda aquella tarde tan bella? Tim comenzó a deambular por el prado y se aburrió mucho. Pensó:

«Podría pasear un poco por el bosque. Ya no soy tan miedoso como antes, y papá no tiene por qué enterarse...»

Siguió el curso del arroyo y penetró en el bosque. ¡Cuántas cosas podía ver allí! Había un montón de hormigas que cubrían las ramas de un lindo abeto más alto que su propia cabeza. ¡Y allí estaba la entrada de un enorme agujero! ¿Viviría en él un lobo? ¿Sería acaso la madriguera de una familia de conejos? Tal vez encontrase algunas moras entre aquellos arbustos...

Tim se fue alejando del arroyo y corrió por el bosque en todas direcciones. ¿No era estupendo andar con libertad, completamente solo, debajo de los árboles?

Finalmente llegó a un viejo y abandonado puente de piedra, que estaba rodeado por espesos matorrales. Bajo el puente se había acumulado el agua de la lluvia, adquiriendo el aspecto de un tenebroso lago.

Tim sintió un escalofrío... ¡Si cayera allí

dentro! Sintió deseos de volver junto a su padre, pero... ¿Dónde estaba el prado? ¿Dónde se encontraba el arroyo? Tim escuchó con gran atención, pero sólo logró oír el zumbido de los insectos que volaban sobre el agua embalsada.

De pronto comenzó a sentir miedo. Sintió un gran nudo en la garganta.

Comenzó a pensar en ladrones, fieros jabalíes, ciervos enfurecidos...

¿Debía llamar a su padre? Pero si lo hacía se delataría. No; tenía que encontrar el camino por sí solo, caminando muy despacito sobre sus piececitos descalzos...

Pero el bosque se fue haciendo cada vez más espeso. Las ramas muertas que habían caído de los árboles le desgarraron la piel de brazos y piernas, y las pegajosas telas de araña se fueron pegando a su rostro.

Tim dio la vuelta pero ni siquiera logró encontrar el puente de piedra.

¡Si al menos hubiera un camino! Comenzó a tropezar y a andar con pasos vacilantes. ¡Llegaría la noche y se vería obligado a dormir en el bosque, completamente solo! Su redonda carita quedó mojada de lágrimas.

Tenía que seguir andando, no podía detenerse, era preciso que encontrara el camino...

Cuando comenzaba a perder toda esperanza y el miedo le agarrotaba las piernas, cuando estaba decidido ya a llamar a su padre, vio de pronto el prado que se extendía ante él.

Vio también que Sandalias de Viento seguía echado bajo el árbol y que todavía no se había despertado. Tim se lavó la cara en el agua del arroyo y se echó junto a él.

Su padre comenzó a desperezarse y a bostezar.

—¿Te has divertido jugando? —le preguntó.

—Síi... —contestó Tim muy bajito, y añadió: —He jugado junto al arroyo.

Y se guardó muy bien de decirle a su padre que se había escapado. Al cabo de un rato volvieron a ponerse las mochilas y a continuar su camino.

El padre se siguió sintiendo pesado y ese día no tuvo ganas de acercarse a las granjas en busca de trabajo. Encontraron un pajar lleno de heno fresco, que se hallaba junto al camino, y decidieron pasar la noche en él.

Cuando comenzó a oscurecer se apoyaron en la pared de maderos, calentados por el sol, y se comieron sus últimas provisiones.

La luna empezó a dejarse ver por encima de las ramas de los abetos. Tenía un color anaranjado: parecía una inmensa mandarina...

El cielo se fue tachonando de estrellas.

Y de pronto dijo Tim:

—Padre, ahora soy yo quien va a contarte, no un cuento, sino una verdadera historia:

»Había una vez dos halcones vagabundos, se trataba de un halcón padre y de un halcón hijo. Volaban juntos por el mundo y se sentían muy felices. Pero un buen día el halcón padre se sintió cansado y se durmió. El halcón hijo comenzó a aburrirse y decidió volar solito, por su cuenta y riesgo. Quería inspeccionar todo el bosque; vio un árbol cubierto de hormigas, una cueva donde habitaba un lobo, y un lago negro.

»De pronto sintió mucho miedo y quiso volar junto a su padre. Pero no logró encontrarle. Quedó aterrado... ¡El bosque era tan oscuro! Lloró durante mucho rato. Pero de pronto volvió a encontrar a su padre que no se había enterado de nada y que seguía durmiendo. El halcón hijo se alegró mucho y no le contó su reciente escapatoria.

—Hmm... —rezongó Sandalias de Viento, y dijo: —Pero la historia no acaba donde tú la terminas. Verás: La misma noche de aquel día, y antes de que se dispusieran a dormir, el halcón hijo contó su travesura al halcón padre, por lo que el halcón padre dijo:

»"Cuando seas mayor podrás volar solo por el mundo; ya no tendrás miedo del oscuro bosque, ni del lago negro y sabrás encontrar siempre el camino. Pero como todavía eres muy pequeño no puedes separarte de mi lado, pues corres el peligro de perderte". Le habló de ese modo y el halcón hijo le prometió no alejarse nunca más de su lado y no volar por su cuenta.

—Sí, comprendo —exclamó Tim—. Te lo prometo yo también, y de todo corazón.

Se acurrucaron en el heno y Tim procuró estar muy cerquita de su padre.

—¡Al fin! —dijo—. ¡Al fin nos hemos convertido ya en unos verdaderos vagabundos!

—¡Estoy de acuerdo contigo, alocado vagabundo llamado Zapatos de Fuego! Creo que va siendo hora de que regresemos junto a tu madre, y de que volvamos a vivir como personas decentes.

EL REGRESO, Y EL FINAL DE LA HISTORIA SIN FIN

No tardó en llegar el último día del gran viaje.

Se vieron precisados a caminar mucho, durante todo ese día, para poder llegar antes del anochecer a una pequeña ciudad donde había una estación de ferrocarril.

En cuanto llegaron a ella se fueron a visitar a un peluquero y se hicieron cortar el cabello.

—¡Para que no parezcamos vagabundos! —dijo el padre.

—¡Pero a pesar de ello lo somos! —contestó Tim—. Eso no tiene nada que ver con los cabellos...

Luego compraron una sortija de plata con una inmensa piedra azul, con la que pensaban obsequiar a la madre, y también compraron una gran tableta de chocolate.

Como no podían tomar el tren hasta el día

siguiente, el padre alquiló una habitación en una hostería. La hostería se llamaba «La Oca de oro».

A Tim le dio permiso para encargar una fuente de asado con patatas y también se le permitió beber un sorbo del vaso lleno de cerveza que su padre tenía ante sí.

Pero a Tim la hostería no le acabó de convencer. Le obligaron a sentarse muy derecho, no le permitieron hablar con la boca llena y le prohibieron trazar círculos en el aire con el cuchillo. También se le prohibió atisbar a los demás huéspedes y dar vueltas por los aposentos de la casa.

—¡Brr...! —hizo Tim cuando se hallaron acostados en la mullidas camas—. ¡Esta «Oca» es realmente antipática! ¿Qué es lo que te permiten hacer aquí? No quiero volver a pisar una hostería mientras viva. Imagínate lo estupendo que sería si nos halláramos libres de hacer lo que nos viniese en gana, acostados otra vez en medio del heno, o bajo una gavilla de trigo, o en el pajar de alguna granja... Las personas «finolis» tienen una vida demasiado remilgada. ¡Preferiría seguir siendo un vagabundo!

Hablaron mucho entre ellos, en la oscuridad. Cada una de sus frases comenzaba:

—¿Te acuerdas cuando...?

Siguieron recordando sus peripecias hasta que se durmieron.

A la mañana siguiente se pusieron las camisas más limpias que pudieron encontrar en sus mochilas, se cortaron las uñas y se peinaron con agua.

Cuando estuvieron listos se calzaron los zapatos de fuego y las sandalias de viento; fue lo último que hicieron.

Llegaron a la estación demasiado pronto, pues se sentían impacientes por estar en casa y por ver a la madre.

Y cuando finalmente, después del viaje en tren, desembocaron en su calle, y vieron de lejos las ventanas del sótano adornadas con geranios, comenzaron impacientes a correr hacia ellas. Detrás de ellos los niños del barrio corrían también, y gritaban:

—Ha vuelto Tim, ha vuelto el hijo del zapatero... ¡Está tan gordo y sigue siendo tan pequeño como antes de su marcha! Escucha: tienes que contarnos todo lo que has visto. ¿No has rodado por campos y montañas como una pelota, gordinflón?

Los niños dijeron todas esas cosas, pero Tim no se sintió ofendido. Se reía y agitaba su regordeta mano, mientras decía:

—Mañana... Mañana os lo contaré todo.

Y al llegar cerca de su casa se precipitó en los brazos de su madre. Ésta les había visto y se apresuró a salirles al encuentro.

—¡Mamá, mamá, mamá! —gritaba Tim y se agarraba fuertemente a ella—. ¡Fue todo muy bonito! ¡Pero estoy tan contento de volver a estar contigo...!

Todo le parecía nuevo y más maravilloso que antes: la escalera del sótano recién barrida, los geranios rojos, la pequeña cocina con el jarro lleno de flores sobre la mesa, el taller de su padre, que estaba tan bien ordenado; y su propio cuarto con su blanca cama y la caja de madera en donde guardaba los juguetes, que se hallaba debajo de la mesa. Y acarició su cartera que estaba en un rincón...

—¡Estoy ya otra vez en casa, estoy ya otra vez en casa! —cantaba en voz baja. Entró en todas las habitaciones, abrió todos los armarios y miró a través de todas las ventanas.

Luego volvieron a sentarse, los tres juntos, alrededor de la mesa de la cocina, comieron el pastel que había preparado la madre y bebieron café.

Y hablaban, y hablaban, al igual que el día del cumpleaños de Tim, en que hicieron tantos planes.

¡Había tantas cosas que contar!

El padre puso el anillo de plata con la gran piedra azul en uno de los dedos de la madre, y ésta tuvo que volverse a secar los ojos a causa de la inmensa alegría que la embargaba.

El dibujo que le había mandado Tim se hallaba colgado en la pared de la cocina y junto al fogón.

—¡Todo está igual! —exclamó Tim, y repitió: —¡Nada ha cambiado! Mamá, la vaca se llamaba *Alma*, fui a por ella al campo, y...

Pero ya había oscurecido y Tim tuvo que acostarse.

—Duerme, ahora. Mañana me seguirás contando todas tus aventuras —le dijo su madre, y Tim se dio cuenta entonces de que realmente estaba muy cansado.

Pero cuando hubo colocado sus zapatos de fuego debajo de la cama y sus padres le hubieron deseado las buenas noches, dijo de pronto:

—¡Esperad...!

E hizo como si buscaba algo. Se deslizó entre las sábanas, hasta llegar a los pies de la cama, luego levantó una esquinita, miró debajo de la cama y hurgó en su mochila.

—¿Qué es lo que estás buscando, Zapatos de Fuego? —preguntó su padre.

Tim se puso a reír y contestó:

—Busco el final, el final de la historia inacabada. ¿Te acuerdas, Sandalias de Viento, del día en que recibimos el paquete con el gorro mágico? ¿Te acuerdas de la nostalgia que sentía por mamá? Recuerdo que ya no sentía deseos de continuar nuestro viaje, y que tuve unas ganas terribles de regresar a casa, en aquel mismo momento. Entonces me contaste la historia del chico que lograba colmar todos sus deseos. ¡Y ahora he encontrado el final!

—¡Estupendo! —contestó su padre—. Tienes que contárnoslo en seguida. Pero espero que el final sea bueno...

—Sí: el final es muy bueno...

Sus padres se sentaron sobre su cama y Tim comenzó a contar:

—Cuando el pobre chico «Yo querría, yo desearía, si yo pudiera» se sintió tan aburrido y cansado a causa de no saber qué más cosas podía desear, se le ocurrió de pronto un nuevo deseo; sencillamente: ¡Ya no deseó nada más! ¡Nada, nada más! Y se acabó: la historia ha terminado.

Tim alzó las sábanas hasta su barbilla y se estiró cuan largo era.

—¡Y yo tampoco deseo nada más! —concluyó—. ¡Me siento muy contento de ser vuestro pequeño Tim! ¡Sois tan buenos! ¡Y se está tan bien en casa!

—¡Mi querido hijito! —exclamó su madre y se apresuró a darle un beso. Tuvo necesidad de volver a enjugar unas lágrimas de felicidad...

Su padre se inclinó sobre él y dijo:

—Es el mejor final de una historia, el mejor final que jamás oí, Tim, Zapatos de Fuego, mi gran compañero de viaje.

—¡Sí! —murmuró Tim—. Y muchas gracias por tu gran lección, Sandalias de Viento. Papá, mamá, os quiero mucho, mucho, a los dos.

Dicho esto, se durmió.

INDICE

Colección MUNDO MAGICO

Obras publicadas

1. VACACIONES EN SUECIA
por Edith Unnerstad (7.ª edición)

2. EL RATÓN MANX
por Paul Gallico (2.ª edición)

3. JIM BOTÓN Y LUCAS EL MAQUINISTA
por Michael Ende (8.ª edición)

4. JIM BOTÓN Y LOS TRECE SALVAJES
por Michael Ende (5.ª edición)

5. ZAPATOS DE FUEGO Y SANDALIAS DE VIENTO
por Ursula Wölfel (13.ª edición)

6. HUGO Y JOSEFINA
por María Gripe (3.ª edición)

7. LAS FANTÁSTICAS AVENTURAS DE ALARICO
por Helaine Horseman (2.ª edición)

8. LAS TRAVESURAS DE JULIO
por Ursula Wölfel (4.ª edición)

9. LA FAMILIA MUMIN
por Tove Janssen (5.ª edición)

10. EL BANDIDO SALTODEMATA
por Otfried Preussler (5.ª edición)

11. ROBI, TOBI Y EL AEROGUATUTÚ
por Boy Lornssen (4.ª edición)

12. EL PEQUEÑO FANTASMA
por Otfried Preussler (5.ª edición)

13. LAS EXTRAÑAS VACACIONES DE DAVIE SHAW
por Mario Puzo

14. NUEVAS AVENTURAS DEL BANDIDO SALTODEMATA
por Otfried Preussler (3.ª edición)

15. HISTORIA DE PIMMI
por Ursula Wölfel (3.ª edición)

16. LA FAMILIA MUMIN, EN INVIERNO
por Tove Janssen (2.ª edición)

17. EL BANDIDO SALTODEMATA Y LA BOLA DE CRISTAL
por Otfried Preussler (3.ª edición)

18. EL GENIECILLO DEL AGUA
por Otfried Preussler (3.ª edición)

19. LA PEQUEÑA BRUJA
por Otfried Preussler (3.ª edición)

20. ANIMALES CHARLATANES
por Carmen Vázquez-Vigo (5.ª edición)

21. LAS FANTÁSTICAS AVENTURAS DEL CABALLITO GORDO
por José Antonio del Cañizo (3.ª edición)

22. LAS TRES NARANJAS DEL AMOR Y OTROS CUENTOS ESPAÑOLES
por Carmen Bravo-Villasante (2.ª edición)

23. FERAL Y LAS CIGÜEÑAS
por Fernando Alonso (4.ª edición)

24. MERCEDES E INÉS O CUANDO LA TIERRA DA VUELTAS AL REVÉS
por Consuelo Armijo (3.ª edición)

25. PIEDRAS Y TROMPETAS
por Carmen Kurtz (3.ª edición)

26. GUAU
por Carmen Vázquez-Vigo (2.ª edición)

27. PIRIPITUSA
por Mercedes Roig Castellanos (2.ª edición)

28. LAS MANOS EN EL AGUA
por Carlos Murciano (4.ª edición)

29. LA HERMOSURA DEL MUNDO
por Carmen Bravo-Villasante (2.ª edición)

30. RYN, EL CABALLO SALVAJE
por Bohumil Riha (2.ª edición)

31. FABRICIO Y EL PERRO
por Jean Cazalbou

32. MERCEDES E INÉS VIAJAN HACIA ARRIBA, HACIA ABAJO Y A TRAVÉS
por Consuelo Armijo (2.ª edición)

33. LA LLEGADA DE JUTKA
por José Manuel Briones

34. LAS COSAS DEL ABUELO
por José Antonio del Cañizo (2.ª edición)

35. CUENTOS PARA BAILAR
por Montserrat del Amo

36. UNA LUZ EN EL BOSQUE
por Denis Brun

37. SIRENA Y MEDIA
por Carmen Vázquez-Vigo

38. ANTÓN RETACO
por M.ª Luisa Gefaell (2.ª edición)

39. UIPLALÁ
por Annie M. G. Schmidt

40. SUEÑO DE UN GATO NEGRO
por Carmen Pérez Avello

41. DETRÁS DEL MURO
por Ursula Wölfel

42. EL ÚLTIMO VAMPIRO
por Willis Hall

43. EL VIAJE DE JUAN
por Bohumil Riha

Colección CUATRO VIENTOS

Obras publicadas

1. LUNA ROJA Y TIEMPO CALIDO
por Herbert Kaufmann (5.ª edición)
2. SAFARI EN KAMANGA
por Herbert Tichy (4.ª edición)
3. PEQUEÑO ZORRO, EL GRAN CAZADOR
por Hanns Radau (3.ª edición)
4. PEQUEÑO ZORRO, EL ÚLTIMO JEFE
por Hanns Radau (4.ª edición)
5. AVENTURA EN LOS ANDES
por Hanns Radau (6.ª edición)
6. ATERRIZAJE EN LA SELVA
por Hanns Radau (3.ª edición)
7. ORZOWEI
por Alberto Manzi (10.ª edición)
8. LA ISLA DE LOS DELFINES AZULES
por Scott O'Dell (10.ª edición)
9. PILLASTRE, MI TREMENDO MAPACHE
por Sterling North (3.ª edición)
10. AVENTURAS EN ÁFRICA
por Kurt Lütgen (3.ª edición)
11. TRES CAZADORES EN SIBERIA
por Joseph Velter (3.ª edición)
12. LA PERLA NEGRA
por Scott O'Dell (4.ª edición)
13. SIETE CHICOS DE AUSTRALIA
por Ivan Southall (3.ª edición)
14. CUATRO AMIGOS EN LOS ANDES
por Sadio Garavini
15. BORIS
por Jaap ter Haar (4.ª edición)
16. DANNY, CAMPEÓN DEL MUNDO
por Roald Dahl (2.ª edición)
17. PERDIDOS EN LA NIEVE
por Reidar Brodtkorb
18. UT Y LAS ESTRELLAS
por Pilar Mólina Llorente (3.ª edición)
19. VEVA
por Carmen Kurtz (8.ª edición)
20. LANDA EL VALIN
por Carlos M.ª Ydígoras (2.ª edición)
21. EL RÍO DE LOS CASTORES
por Fernando Martínez Gil (5.ª edición)
22. DARDO, EL CABALLO DEL BOSQUE
por Rafael Morales (4.ª edición)
23. CITA EN LA CALA NEGRA
por Josep Vallverdú (2.ª edición)
24. VIKINGOS AL REMO
por Carmen Pérez Avello (2.ª edición)
25. LA PIEDRA Y EL AGUA
por Montserrat del Amo (2.ª edición)
26. VEVA Y EL MAR
por Carmen Kurtz (3.ª edición)
27. BALADA DE UN CASTELLANO
por María Isabel Molina (2.ª edición)
28. PETER, EL PELIRROJO
por Ursula Wölfel (2.ª edición)
29. FANFAMÚS
por Carmen Kurtz (2.ª edición)
30. LA TIERRA DE NADIE
por A. Martínez-Mena (3.ª edición)
31. RAMÓN GE TE
por Lolo Rico Oliver
32. VIERNES O LA VIDA SALVAJE
por Michel Tournier
33. EL SECRETO DE LA FOCA
por A. Chambers
34. GALLINAS SUPERGALLINAS
por Dick King-Smith
35. EL MAR SIGUE ESPERANDO
por Carlos Murciano (3.ª edición)
36. LAS AVENTURAS
DE UN CABALLO NEGRO
por Gunter Steinbach
37. TRAMPA BAJO LAS AGUAS
por Josep Vallverdú
38. HUIDA AL CANADÁ
por Barbara C. Smucker
39. GÓLEM. EL COLOSO DE BARRO
por Isaac Bashevis Singer
40. PABLURAS
por Miguel Martín Fernández de Velasco
41. EL TERRIBLE FLORENTINO
por Pilar Molina
42. NUBES NEGRAS
por Barbara Smucker